CONOCE A KAI

¡Plam! ¡Plam! ¡Plam!

Kai golpeaba la lámina de metal para hacer una espada. Metió la lámina en un cubo de agua fría. Luego sacó... una espada torcida.

—Te apuraste mucho, Kai —dijo su hermana, Nya—. Tienes que ser paciente.

—No te preocupes, Nya —dijo Kai—. Voy a ser mucho mejor herrero qu...

Un viejo de barba blanca entró en el taller.

—Veo armas para un samurai —dijo mirando alrededor—. Pero nada para un ninja.

—¿Ninja? —dijo Kai riendo—. No hay ninjas por estos lugares.

Kai miró a Nya. Cuando se volteó de nuevo, el viejo había desaparecido.

Esa noche, un ejército de esqueletos guerreros montados en motocicletas calavera llegó al pueblo de Kai. Su rey, Samukai, los guiaba montado en su camión calavera.

—Yo quiero ir delante —dijo Nuckal, uno de los comandantes—. ¡Me muero por ir delante!

—¡Tonto! —dijo Kruncha, uno de sus compañeros—. ¡Ya estás muerto!

—Además, Maestro Samukai —añadió Kruncha—, usted dijo que yo podía ir delante.

—Lo siento, chicos, esta vez iré yo —dijo Samukai—. ¡Ustedes busquen el mapa!

Los ojos de Samukai brillaban al rojo vivo.

—¡Al ataque! —gritó.

LLEGAN LOS ESQUELETOS

¡Brruum! ¡Brruum! ¡Brruum!
Los esqueletos guerreros entraron en el pueblo montados en sus motocicletas calavera. Samukai condujo el camión calavera hasta el taller de Kai. Las personas del pueblo gritaron y corrieron.

Kai corrió a luchar con los guerreros. Blandió su espada de samurai y le cortó la cabeza a uno de los esqueletos.

—¡Ay! —gritó Kai cuando la cabeza de esqueleto le mordió el tobillo—. ¡Ahora muerde esto! —dijo pateándola como si fuera un balón de fútbol.

Los otros guerreros aplaudieron al ver que la calavera volaba por el aire.

Nya dio un paso adelante y tumbó a dos de los guerreros con su bastón.

—No deberías estar aquí —le dijo Kai.

—¿Ah, sí? —dijo Nya—. ¿Quieres divertirte tú solo?

Mientras Kai y Nya luchaban contra los esqueletos, Nuckal y Kruncha entraron en la herrería.

Dentro del taller de Kai, Nuckal se puso un casco de samurai.

—¡No pierdas el tiempo y busca! —dijo Kruncha, dándole un coscorrón.

—¡Ayy! ¡Tú eres el que no está buscando! —dijo Nuckal, lanzándole el casco a Kruncha.

¡Pam! ¡Tas! ¡Chop! Los dos esqueletos comenzaron a golpearse. Kruncha se estrelló contra la pared. El cartel de la puerta se cayó.

Los esqueletos se quedaron boquiabiertos al ver algo que estaba detrás del cartel.

—¡El mapa! —gritaron.

LA MISIÓN DE KAI

Afuera, Samukai saltó de su camión. Tomó cuatro cuchillos y atacó a Kai.

Kai retrocedió y cayó.

—¡Ninjago!

Un tornado dorado pasó girando entre Kai y Samukai. El tornado golpeó a Samukai y, cuando dejó de girar, apareció el viejo que antes había estado en la herrería.

—¡Sensei Wu! Tu Spinjitzu está un poco lento —dijo Samukai, tirando los cuchillos y sonriendo.

Los cuchillos golpearon una vieja torre de agua que comenzó a caer.

—¡Ninjago! —gritó Sensei Wu de nuevo, dando vueltas y alzando a Kai antes de que la torre le cayera encima.

Samukai se echó a reír y subió al camión de un salto.

—Garmadon dice que debemos llevar a la chica —gruñó.

Kruncha alzó una palanca. ¡Una garra esquelética salió del camión y agarró a Nya! Entonces el camión calavera se alejó a toda velocidad.

—¡Nya! —gritó Kai agarrando su espada—. Voy a rescatar a mi hermana.

—Adonde van, ningún mortal puede ir —dijo Sensei Wu—. Samukai es el rey del Submundo. Si está trabajando para Lord Garmadon, las cosas están peor de lo que imaginaba.

LA HISTORIA DE DOS HERMANOS

—¿Por qué vinieron? —preguntó Kai—. ¿Qué quieren?

—Antes de que el tiempo tuviera nombre, el primer maestro Spinjitzu creó a Ninjago —dijo Sensei Wu—. Utilizó las Cuatro Armas de Spinjitzu: la Guadaña de Terremotos, los Nunchacos de Rayos, los Shuriken de Hielo y la Espada de Fuego

—Cuando el maestro murió, sus dos hijos juraron proteger las Armas —continuó Sensei Wu—. Pero la maldad se apoderó del mayor. Quería las Armas solo para él. Entonces, hubo una batalla entre los hermanos. El mayor perdió y fue enviado al Submundo.

—El hermano menor escondió las Armas en cuatro lugares diferentes —dijo Sensei Wu—, y envió a un Guardián a proteger cada una. Luego, le dio el mapa a un hombre honesto para que lo guardara. Ese hombre honesto era tu padre.

Kai abrió los ojos.

—El hermano mayor es Lord Garmadon —añadió Sensei Wu—. ¡Debo encontrar las Armas antes de que él lo haga!

—¿Tú eres el hermano menor? —preguntó Kai—. ¿Y estás buscando el mapa?

—No —dijo Sensei Wu—. Vine por algo más importante. ¡Tú!

—Tú tienes fuego en tu interior, Kai —dijo Sensei Wu—. Puedes ayudarme.

—Eso no me importa —dijo Kai volteándose—. Solo quiero rescatar a mi hermana.

Sensei Wu giró y tumbó a Kai con su bastón. Luego, puso un pie sobre su pecho.

—Si quieres recuperar a tu hermana, debes aprender a domar el fuego que llevas dentro —dijo Sensei Wu—. Para enfrentarte a Lord Garmadon debes saber Spinjitzu.

Kai sabía que Sensei Wu tenía razón. Así que los dos emprendieron el largo viaje hasta el monasterio de Sensei Wu.

EL ENTRENAMIENTO

—Completa este entrenamiento antes de que me tome el té —le dijo Sensei Wu a Kai—. Luego veremos si estás listo.

Todos los días, Kai intentaba hacer el entrenamiento. Luchaba con soldados de madera que estaban sobre una plataforma giratoria. Pero siempre se golpeaba con alguno y caía.

—Fallaste —le decía Sensei Wu.

Kai intentaba saltar sobre una fila de clavos en movimiento. Pero no lo lograba.

—Fallaste —le decía Sensei Wu.

Kai fallaba y fallaba y volvía a fallar. Pero no se rendía. Seguía entrenando.

Por fin, Kai lo logró. Esquivó golpes. Saltó sobre columnas. Luchó contra soldados de madera con su espada. Y lo hizo antes de que Sensei Wu se tomara su té.

—¿Ahora sí puedo aprender Spinjitzu? —preguntó Kai.

—Ya aprendiste —dijo Sensei Wu—. Mañana es la última prueba.

LOS CUATRO

Esa noche, Kai practicó Spinjitzu mientras se cepillaba los dientes.

—¡Toma esto! ¡Y esto! ¡Y esto! —decía sin parar de girar.

Cuando se detuvo, vio que estaba rodeado de tres ninjas vestidos de negro.

Kai les lanzó el cepillo a los ninjas. Luego saltó hasta una viga del techo. Uno de los ninjas saltó también.

—¡Jai-yá! —gritó Kai, tumbándolo.

Pero otro ninja lo empujó. Kai cayó en el patio de entrenamiento y puso a girar las plataformas y las columnas. Los tres ninjas se sorprendieron.

Las plataformas giratorias golpearon a los ninjas, pero estos no tardaron en reponerse.

¡Pam! ¡Plas! ¡Chuc! Los tres ninjas atacaron a Kai. Él se defendió valientemente.

—¡Alto! —gritó en ese momento Sensei Wu. Los tres ninjas hicieron una reverencia.

—Sí, Sensei —dijeron.

—¿Son tus estudiantes también? —preguntó Kai, y Sensei asintió—. Esta era mi última prueba, ¿verdad?

—¿Qué significa esto, maestro? —preguntó uno de los ninjas.

—Cada uno de ustedes está en sintonía con un elemento —dijo Sensei Wu—, pero primero, *¡Ninjago!*

Sensei Wu comenzó a girar. Dio vueltas alrededor de los ninjas. Cuando paró, los ninjas llevaban uniformes diferentes.

Kai llevaba un uniforme rojo.

—Kai, Maestro del Fuego —dijo Sensei Wu, y entonces señaló al ninja de azul—. Jay es azul, Maestro del Rayo —hizo una pausa y continuó—: El ninja de negro es Cole, sólido como una roca, Maestro de la Tierra —y finalmente se acercó al ninja de blanco—. Y el blanco es Zane, Maestro del Hielo.

—Ustedes son los cuatro elegidos que deberán proteger las Armas de Spinjitzu de Lord Garmadon —dijo Sensei Wu.

—Pero, ¿y mi hermana? —dijo Kai.

—¿Vamos a salvar a una chica? —preguntó Jay ansioso—. ¿Es linda? ¿Le gusta el azul?

—Cuando encontremos las Armas, encontraremos a tu hermana, Kai —dijo Sensei Wu—. ¡Llegó la hora! Debemos ir por la primera Arma.

—Un momento —dijo Cole—. Dijiste que nos enseñarías Spinjitzu.

—Spinjitzu está dentro de cada uno de ustedes —respondió Sensei Wu—. Pero saldrá a la luz solamente cuando sea el momento de encontrar la llave.

—¡Fabuloso! —se quejó Jay—. Ahora tenemos que encontrar una llave.

—Siento que nos está engañando —dijo Cole.

Kai se cubrió con su capucha roja. Estaba listo para partir.

—Si así recupero a mi hermana, ¡me apunto!

Los cuatro ninjas siguieron a Sensei Wu hasta que anocheció.